JN181077

木苺探しに

新井和詩集

新井　和詩集　木苺探しに――目次

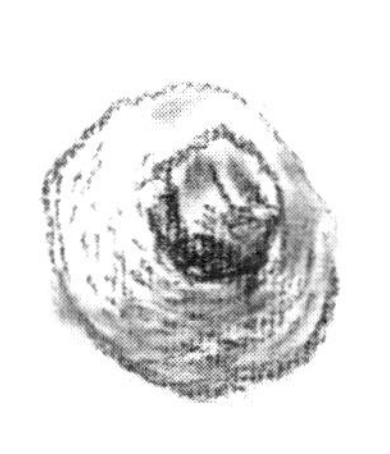

Ⅰ　利根川の四季

Ⅱ　父の休日

装画・さし絵　高田　三郎

Ⅰ　利根川の四季

利根川の四季（1）

葦は
青草におおわれた河川敷（かせんじき）で
枯れた体でゆれるのはつらいです　と
風にうったえている

むらさきつめくさは
これからはわたしの季節です　と
土手の斜面をピンクにそめかえている

天気のよい日はヒバリのさえずり
つめたい日には
ヨシキリのつぶやき

土手は限りなく春

利根川の四季（2）

雨もようの日がつづき
にごり水が増すと
ハクレンがくる

ジャンプするハクレン
つかれて川のふちで
腹を上に向けて
死んだようなハクレン

ある日とつぜん
ジャンプを披露(ひろう)して
生臭い匂いをのこす

ハクレンが去ると
夏がくる

※ハクレン　コイ科の淡水産の硬骨魚。全長50～100センチメートル。
草を食べて育つ。

利根川の四季（3）

青い空
ゆれる雑草　しろい月
川のながれとヨシキリの声

右に富士　左に筑波
ひとときの美を競い合い
夕映えに佇(た)つ

うっすらと今日は見えるね筑波山
すすきのゆれる
利根川の土手

犬つれて白いすすきの道を行く
少女の背をおす
木枯らし一号

利根川の四季（4）

つめたい風が吹いていた
卒業式を終えたばかりの中学生五人
もつれ合いながら
河川敷(かせんじき)へおりていった
行く手には見渡すかぎり
枯葦原がひろがっている

彼等は
葦原の一画を足で踏みつけ
車座になった
スーパーの袋が解かれ
缶ビール　干しいか　スナック菓子が
中央に置かれた

明日から
私立高校　県立高校
理容学校　大工の見習い
それぞれ
違った道を歩き出す

ビールをのみ
うたい
タバコをすった

そして四方に散っていった

いま　河川敷は
青草におおわれ
土手にはしろつめくさの花が咲き
　ギャウ　ギャウ　と
よしきりが鳴いている

つくし

十五歳の春
お別れにみんなですわった
利根川の土手

終戦から五年
つぎのあたった国民服
色あせたセーラー服

向かう進路に笑顔はなく
不安をかくせない顔

あれから六十年
わたしは毎年
三月には土手にのぼった
ふるさとに残った者のつとめのように
今年も一人そこに立つ
つくしが勢ぞろいして待っていた

木苺探し

カヨちゃんは
もみじ苺　と言いました
清ちゃんは
さがり苺　だと言いました
わたしは
木苺　と呼びました
そしてわたしたち三人は

自分が正しいと
言いはってひきません

大きくなって　いま
呼びかたは
みんな正しいと分かりました

カヨちゃんは死にました
清ちゃん一家は満州から帰りません

苺が熟れる季節になると
わたしは一人で
林の中へ探しに行きます

新学期

「怒るとな
鶏冠(とさか)を立てて向かってくる
シャモに似てるんだ」
兄ちゃんは
得意そうに説明する

「シャモって鶏はな
　けんか用の鶏なんだ」
こんどわたしの担任になった
篠塚先生の
あだ名

合歓(ねむ)の花

田んぼに行く道
見あげると　空の下に
ねむくなるような
ピンクの花みっけ

田んぼの帰り
兄ちゃんの荷車にのせてもらった
小麦の束を高く積んだ

ゆらゆられる荷車の上
ピンクの花が
顔や頭を
やさしくなぜ
甘いにおいをくれた

絆(きずな)

うちの母ちゃんと父ちゃんは
ふかいきずなで結ばれているんだって
となりのおばちゃんがいった

国語辞典できずなをひいてみた
「動物をつなぎとめる綱(つな)」
と書いてある

そっか
母ちゃんと父ちゃんは動物で
綱で結ばれている……

えっ
ということは
母ちゃんと父ちゃんは
きつね…？　たぬき…？

？
？
？

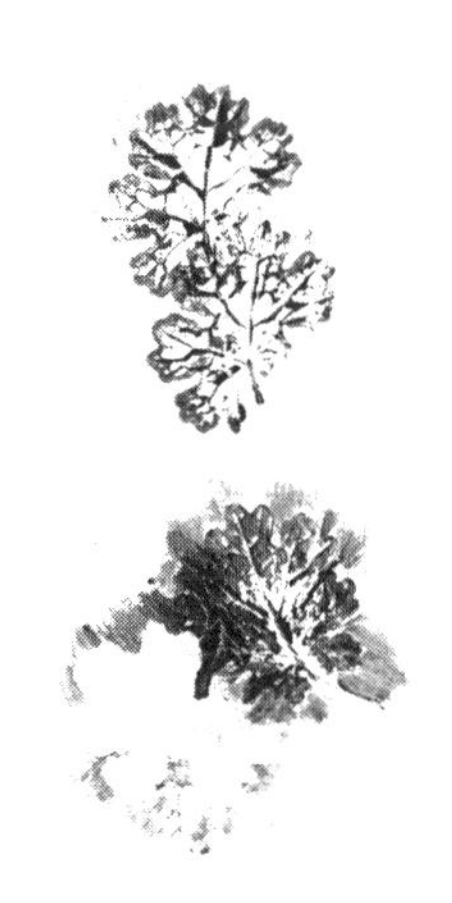
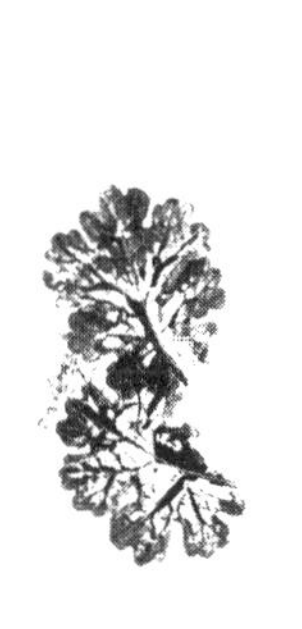

帰り道

咲ちゃんと別れると
ひとりになった

見通しのいい農道には
鯉やさんが一軒

ガラス戸に
夕日がぴかぴかひかってる

うしろを見ても
誰もいない

ピチャ　ピチャ
鯉やの前の養殖池で鯉がはねた

池のむこうの空家が
夕日にうかんでせまってくる

ヒタ　ヒタ　ヒタ

うしろから誰かが

追いかけてくるような気がする

ヒタ　ヒタ　ヒタ

怖くなってかけ出した

森

朝もやをかき分けて
森へ入っていった

森の中はくま笹の海
くま笹の波をかき分けて
着物を着た女の子が二人
椿の花をひろっては
くま笹の細い枝にさしている

——ここはどこ
——ちんじゅさまのもりよ
　もりよ　もりよ

女の子の声がこだまする
かすかに聞こえる歓声
ちんじゅさまの裏にまわると
氷の張った溜池で
絣の着物を着た男の子が数人
竹で作ったスケートをつけて
氷すべりをしていた

小さい子どもがころぶたび
歓声があがり
大きい子どもがたすけ起こす

やがて
声も遠のき
朝もやの中に男の子も女の子も
消えていた

いもうと

四時限が終わって　弁当の時間というとき
小池せんせいが　とびこんできた

「アライ　いるか
　いもうとが泣いてるんだ
　何をきいても泣くばかり
　どうにかしてくれ」

小池せんせいは三年生担任の代用教員
十九さいの男のせんせい
大きな声が教室中にひびいた

「どうしたの」
「あたまがいたい」

おでこにさわると熱かった
保健室など学校にはなかった時代だ

いもうとをおぶって学校を出た
学校から家まで三十分以上
夢中だった

川ぞいの道を歩いたのも
橋をわたったのも記憶にない
ひたすら家を目ざした

家につくのと同時　心ぞうもバクハツした
母をみて「ワーッ」とないた

ひとなきすると　止める母をふりきって
学校へひきかえした
（まにあった）

そのまま午後の授業をうけた

月見草

弟をつれて
もらい湯のかえり
庭いちめん
ひらきはじめた
大きな月見草

「パッ　パッ　パッ　て
音をたててひらいているよ」

弟がうれしそうにさけんだ

朝

初霜のおりた朝
道の辺の枯草に
白い粉をふりかけたよう
その上に
桑の葉がかさかさおちた

みんなの吐く息が白い
学校まで　もうすこし

「チリン　チリン　チリン」
ふりかえると　田上先生
せいたかノッポの男の先生
「オ・ハ・ヨウ」
自転車のハンドルが
つめたくひかった

スーパーの椅子

土曜日の夕方
サッカーの試合の帰り
スーパーでお母さんを待っていた
スーパーの入り口には椅子がある

ひと月ほど前
かずき君のおばあさんが行方不明になり

なかなか見つからなかった

夜おそくなって
このスーパーの椅子に座っているのが
見つかった

ぼくも椅子に座ってみる

空に浮かんだ雲や
電線に止まったカラスをぼんやり見ていると
心が遠い所へ行ってしまう

帰り道を忘れてしまいそうになる

遠い記憶

小学校の近くに「かいもん」というお店があった　お菓子屋さんで　お菓子の他にノートや鉛筆　学校で使うものはたいがい売っていた　いつもおばあさんが店番をしていて　下校どきは子供達で賑わっていた

わたしはあまり買物をした記憶はないのだが　あるとき数人の上級生と一緒に帰ったことがあった　ごく近くの子もいたが多くは家もしらないほとんどつきあいのない人たちだった

誰が言いだしたのか　お煎餅(せんべい)を買って食べようということになり　わたしが「お金をもってない」というとキヌエさんというう五年生が貸してくれた　本当は買いぐいはしたくなかったが何もいえなくて気がすすまないままお煎餅を買って食べながら帰った

なんとなく心にひっかかるようにそのことを思い出すことがある　そのお金を返した記憶がないのである　家もはなれていたし二年学年がちがうと学校でも外でも会うことがなかった　それで返しそびれてしまったのか　自分でもわからない

キヌエさんの家は　叔母の嫁ぎ先と親戚でわたしの家とは遠縁にあたる　だから大人になって何度か会ったような気がする

だが　そのことは話したことはなかった　いまになって「お金貸したよね」とささやくキヌエさんの声が聞こえたり顔がうかんだりすることがあり　心が疼くのだ

富有柿

だいだい色にいろづいた大きな柿が
たわわに実っている
「おいしそうね」と
みとれていると
ミコちゃんがおしえてくれた

この柿はね　ふゆがきっていうの
こんなにいい色してても渋(しぶ)いのよ

東京ではたらいている姉ちゃんがね
帰ってきたらたべるの
これは姉ちゃんの柿なの

ミコちゃんのきれいな姉ちゃんが
おみやげを持って帰ってくる日を思いながら
私はいつまでも柿をみていた

※富有柿　「ふゆうがき」「ふゆがき」。柿の一品種。岐阜県原産。果実はやや扁平な大形で、甘みが強い。

金柑（きんかん）

桜の花が散って
穀雨（こくう）がすぎたあたたかい日
ずっと明かりを灯（とも）していた
ひろこちゃん家の金柑が
ぽつりぽつりといくつか残して
なくなっていた

あけはなされた縁（えん）がわでは

ひろこちゃんが
ずっとまっていたおばあちゃんと
あやとりをしていた

夕方
ひろこちゃん家の前を通ると
金柑を煮る甘い匂いがただよってきた

しだれ桜

花祭りで賑わうお寺の庭に
しだれ桜が咲いていた

そのそばに
林さんのおばあさんが
寄りそうように立っていた

頭が土につくほどに

腰の曲がったおばあさんだった

家を出る時　お母さんに
「もう大きいのだから近所の人に会ったら
　あいさつするのよ」
と言われていたわたしは
「こんにちは」
と　あいさつをした

おばあさんは
ちょっと首をあげ
よっこらしょっと腰をのばし
にっこり笑って

「こんにちは」
と　腰をおった
しだれ桜がさわさわ揺れた

ひいおばあちゃん

おばさんから
ひいおばあちゃんが
もうながくはないだろう　と
知らせてきた

お母さんが
ひいおばあちゃんのだいすきな
まぐろのおさしみをもって行った

おさしみを小さくきって
ねているひいおばあちゃんの口へ
もっていくと
ほほえんで
顔の上で手をふった

少しでも　というと
小さく口をあけた
おさしみをいれてあげると
口をもぐもぐもぐさせながら
ぼくの顔をみて枕をたたいた
おばさんが

枕の下からがまぐちを出して
千円くれた

ひいおばあちゃんは
あんしんしたように目をつむった
のどがむぐっとうごいた

オトカ・ヤジ

――そりゃあ　きれいさ
キツネがあかりを灯して並んで行く
前の川

――オトカ・ヤジには
キツネが集まってる
そりゃあ　きれいさ
まつりの夜みていだった

ひいばあちゃんの
棺がはいって
ドアがしまった
ひいばあちゃんの
昔ばなしはおわった

※オトカ＝キツネ
ヤジ＝屋敷または屋地

あげはちょう

あれは
ひいおばあさんが亡くなったあとだった
四十九日のお墓まいりをすませ
おばさんやおじさん
いとこたちと
みんなでお茶をのんでいた

開け放された土間から
大きな黒いあげはちょうが
ゆっくりはばたきながら
入ってきた
「ご先祖さまだ　殺してはいけない」
大人たちが言った

そのあとを追いかけるように
すこし小さいあげはちょうが
いそがしそうにはばたきながら
入ってきた
「あいさつにきたのだ」

だれかが言った
二匹はゆったり舞いながら
家の中をひとまわりすると
出ていった

遠い秋

駅のベンチで待っていた
なんど電車を
見送ったことか

三日たって
手紙がきた
（ごめん
　行けなかった）

ちいさくちぎって

春風にあげた

わたしが春においてきたもの
つぼみのまんまの心

気がかりな春を抱いて
夏になっても
行きつ
戻りつ

季節はめぐり
コスモスが揺れても
わたしには秋は遠い

枯れる

夏の間
行くことができなかった
土手
十二月に入って
病み上がりの体をはこぶ
なずな　たんぽぽ　ほとけのざ
からすのえんどう　むらさきつめくさ

土手の草たちはみな枯れて
でも
その姿は咲いていたときと同じ
セピアいろに色をかえて
人間の体もこんな風に枯れるのだろうか
美しく

わたしの　ふるさと

小学校の門を出て左へ行くと
広い川につきあたる
川ぞいの道が学校とそれぞれの家へ
つながっている
川にはいくつもの橋があり
橋があるたびに
一人二人と別れていった

タケちゃんが言った
「この道をどこまでも行くと
またここに戻ってくる
道はつながっているんだ」

二人で帰るとき
一人になるのがさびしくて
友達といっしょに橋をわたり
廻り道して家へ帰った

学校を卒業し
おとなになって
それぞれ村を出ていった

いつか村は町になり
まつりの日には
なつかしい顔が集まる

けれど
来ない人もいる
どこで迷っているのだろう
道くさはいいかげんにして
戻ってくればいいのに

Ⅱ　父の休日

蕎麦(そば)の花

蕎麦ずきのわたしに　赤い蕎麦の花が咲いていると　教えてく
れる人がいた。しかし　蕎麦の花は白がいい。

昨年の九月　兄の家へ彼岸まいりに行った。いつも蕎麦の花を
見るのを楽しみにしている。兄の家の蕎麦の花は白。だが畠を
みておどろいた。無惨にも蕎麦の花は倒れ　赤茶色のすだれを
敷いたようだった。白い花だけが首をもちあげて……。

台風の過ぎたあとだった。

明けて一月一日　お年始に行った。兄は例年のことながら　蕎麦を打って待っていてくれた。新そばだという。

「台風で全滅だったでしょう」と言うと

「茎は倒れても　なあに　同じに実ったさ」

兄はこともなげに言った。

頼りなげに首をもちあげて咲いていた花に　そんな強さがあったなんて……。

その日の蕎麦は　おいしかった。

つゆ草の花

八月に入って間もなくのころだった。
自転車で通勤の途中　線路ぎわの道にさしかかると有刺鉄線の
フェンスの中につゆ草の花をみたような気がした。勤務先は直ぐ近くだが　止まって確かめるほどの余裕はなかった。帰りには花はしぼんでしまったのか跡形もなかった。

翌朝その場所を通り過ぎるとき　スピードを落として目を凝らして見た。草むらの中に　ちいさなつゆ草の花が一面に咲いていた。

「うれしい」

思わず声をあげた。

空を仰ぐと　つゆ草の花で染めたような空が広がっていた。


幼い日　魚つりをする兄の近くでつゆ草の花を摘んだ。

「かず　ごはんよ」

母が呼ぶまで。

摘んでも摘んでも翌朝はいっぱい咲いた。

夏の朝の日課のようなものだった。


その母はもういない。兄は　話すことも　歩くこともできなくなって　老人ホームにいる。

十月はじめ半年ぶりに兄を訪ねた。
車椅子のかたまりのなかに兄を探したが見あたらず　部屋には
いるとベッドに寝ていた。呼んでも　頬をさわっても目を開け
なかった。頬はこけ　面長な顔がいっそう長く見えた。

朝晩急に寒さを感じるようになった十月のなかごろ　つゆ草の
花が見られなくなった。兄の命のようで淋しかった。

十月二十九日は　母の命日だった。その日が近づくにつれ　私
は　母が兄を迎えに来てくれるような気がしてきた。兄もその
ほうが幸せなのだ。そしてひたすら二十九日を待った。

二十九日のまえ　三日ばかり　汗ばむほどの暑さがもどり　そ
のせいか　三十日には　小さいつゆ草の花が　ぽつり　ぽつり
と咲いていた。昼ごろなのにしぼんでいない。不思議な気持ち
で見つめていると
「もう少し　めんどうみてやって」
母の声が聞こえたような気がした。

兄

学生時代みんなから
ひょうきん者と笑われた兄
この頃は
だまって本ばかりみている

そっと机の上をのぞいたら
トルストイ『人生の糧(かて)』
カール・マルクス『資本論』

わたしははしなくも
兄の人生観にふれた

友達に書いた手紙の末尾に
過ぎ去った日々を思うより
明日という日の幸せに生きよう
と
平凡なこの世に掛けた願いもあった

少年Ｋ

夏祭りの翌日　新聞の地方版に　Ｋという少年が喧嘩をして
相手の少年を　ひどく傷つけたという記事がのっていた。
その日のうちに噂はひろがり　小さい村は　その話でもちきり
だった。
わたしも知っている少年だった。

小学三年生の時　泳ぐには汚い川で　魚つりをする男の子たちを堰の上で見ていたとき　その少年に後ろから突き落とされて汚い水をのまされたことがあった。

その夜　夜遊びから帰った兄は　西瓜を出してあげると「Kは可哀相だよなあ　家へ帰っても　待ってる人も　冷やした西瓜もないんだから」と　しんみり言った。

すこしは羽目をはずしもしたが　兄はいまでは七十七歳　トラクターを使いこなし　歌を詠み　農業を愉しんでいる。

Kはどうしているのだろう

少年Kと犬のクン

中学生さいごの運動会が終って家に帰るとバラックの荷車の下
でクンが死んでいた。
――ここがオレにふさわしい死に場所――
というように前足後足をそれぞれそろえて横たわっていた。

＊　＊　＊

ちょうど二年ほど前　米泥棒が出没してわたしの家も被害にあ

った。

どこの家も犬を飼った。


その頃　兄を慕(した)っていたKは　〇〇組の組長に犬の処分を言いつかったと　兄の処へクンをつれて相談にきた。

毛なみのいい秋田犬だった。組長が可愛がっていた犬だが客人を噛んでしまって置けなくなったのだそうだ。

クンとの出会いだった。

＊　＊　＊

それから　クンはつかずはなれず私たちを守ってくれた。

六さいだった弟は「いつも友達と遊びに行くときどこまでもあとをついてくるんだ　クンかえれ　というとくるっと向きをかえてかえっていった」となみだぐんだ。

クンは数日まえから元気がなかった。食べ物もたべなかった。みけんに一つ　わきばらに一つ　血のりがついていた。空気銃で撃たれたのだ。

＊　＊　＊

利根川の河川敷を犬と散歩している少年をみることがある。
野球帽をかぶった後ろすがたがKに似ていた。
ふと薄運に生まれ生きた少年と犬を思い出し切なかった。

方眼紙

方眼紙がほしかった
だから
兄の大事な木箱をそっとあけた

木箱の中には
緑色の方眼紙が入っていた
胸をドキドキさせながら
ふるえる手で五枚ぬき出した

自分のぶんと
あげる約束をした友達のぶんも
覚えているのはそれだけで
叱られた記憶がない

今年も
兄の命日がくる

林の中

小さな林がある

林の奥には
遠い夏の日
結核療養所に送っていった兄がいる

新緑の林に木もれびがゆれ
林の中がぬくもり

小鳥がさえずる五月に
ならや楓が色づき
紅葉がもえ
風が静かな秋に

ちいさないすを置いて
わたしは兄を待っている

父の休日

鎮守様の森や野原の草木が紅葉し　農作物の収穫もほぼ片付いた十一月十四日　婿養子だった父の実家から「あんびん餅」を詰めた重箱が届いた
その日の午後自転車の荷台にのせられ　父の実家へ行った記憶がある
その日をお日待ちという
お日待ちとは鎮守様の祭礼のこと　祭礼を楽しみにしていることから「お日待ち」と言われるようになったという

祭礼の前日　農事を休み　餅をついたり赤飯を炊いて　息災を
祈願して　骨休めをする日ともいわれ　親戚の者どうし　酒を
くみ交わしながら　歓談をする習慣だったという

二十歳で十六歳の母と結婚し　男でのない農業を　母相手にす
る父にとって　お日待ちは数少ない休日だったのだ

わたしたち子供が大きくなって一緒に行かなくなっても　十一
月十四日には　自転車で黒いマントをひるがえして　実家へ急
ぐ父の姿を何度かみたことかあった

〈注〉あんびん餅……塩あんの大きい丸い餅

末期(まつご)の水

小学校二年生のころだった　外から帰ってきた父がえんりょが
ちに言った
「ちょっと行きたいところがあるんだが　いっしょに行ってく
れないか」
髪の毛の白い上品でやさしそうなおばあさんが寝ていた
「この人に　この水をのませてやんなさい」
吸呑みを持たされた

「あの人はな　お前のおばあさんだ」
帰り道じてんしゃの荷台できいた

父が亡くなったとき　その話をしたら姉さんが言った
「おばあさんは嫁ぎ先から実家へ帰されて　父さんを産みおと
し他へ嫁いだのよ　あなたは末っ子だから知らなかったでしょ
うけど　家へもよくきたのよ　やさしい人だったわ」

一度きりしか会っていないおばあさん
夢のなかの人のようだった

ぼろつくろい

わたしが子供の頃　雨が降って農作業ができないとき　母はぼろつくろいをした。
洗濯してしまっておいた破れた足袋や靴下　下着などを取り出してひろげ　継ぎを当てたり綻びを縫ったりした。日頃あまえられないわたしにとっても嬉しい日だった。

——きのうサッちゃんとけんかしたんだって

――うん　だってサッちゃん　じゃんけんしてまけてもなくし
　おはじきくれないっておこるし　みんなでなかまはずれに
　したら　なきながらかえっちゃった。

母につきっきりで　昔話をきいたり　お手玉を作って貰ったり
した。

次の日は　みんな仲よく学校へ行った。

虫干し

二間（ふたま）つづきの部屋に
何本もの紐（ひも）がはられ
タンスの中の着物がかけられる
樟脳（しょうのう）の匂いがみちて
畑仕事をやすんだ母が
せわしなくうごいている

出しっぱなしのタンスの引き出し
赤や桃色のちりめんの切れはし
母の祖母
祖母の母からゆずられた着物
父の　着たことのない
紋のついた着物や袴

新しい風を通して生き返る

着物はたたまれ
タンスにかえされる
新しい樟脳を薄紙につつんでいれる

秋空の中で深呼吸
いま　わたしは
わたし自身を虫干しする

文明の利器

小学四年の夏休み
わたしは陸稲畑（おかぼばたけ）の草取りを手伝っていた
——かあやん　草の枯れる薬はないかなあ
——鎌って薬があるべな
と母

痛む腰をさすりながら
——とうやん　あちいなあ

と言ったら
鍬で土寄せをしていた父がすかさず
――がまんて薬があるべな
三人とも　しばらく無言

それからまもなく広島と長崎に原爆が落ち
日本は負けた
父は四十五歳で早逝した

母は　除草剤という文明の新薬に恵まれ
クーラーのきいた部屋で
八十五歳で亡くなった

おキミさん

山かげの雪も解けて　鎮守様の祭りがくるとおキミさんがくる
　麦畑の道に　ドテラを着て　菰を背負ったおキミさんの姿が
見える　鎮守様の前を通って　私の家に突き当たるまでに数軒
の家がある　一軒一軒それぞれにまわってくるので　私の家に
つくのは三十分ぐらいあとである

おキミさんは　両手で耳をふさいで　怒ったような顔をしてい
た

――キミちゃん　よくきたない――
と母が言うと　恐い顔が　にこっと笑った
蓬餅(よもぎもち)をあげると　嬉しそうに帰っていった

ある雨の日　お裁縫をしている母に聞いた
――おキミさんは　どうして耳をふさいでいるの――
母はお針の手を止めて　ため息をついた

――おキミさんはな　お大尽のひとり娘でな　荷車三台もの大
荷物をもって　さるお大尽にお嫁いりしたんだと　そしてな
赤ん坊が生まれてすぐ死んでしまったんだと　おキミさんは悲
しんでなあ　気が狂ってしまったんだと　それで実家に帰され
たんだと　いまでもな　赤ん坊の泣き声が聞こえるんだと　だ

から　ああして耳をふさいでいるんだと——

鎮守様の祭りが来て暖かくなると　家をはなれ　夜は　橋の下や　神社の縁の下に泊まって　物を貰って歩くおキミさんのくらしがはじまる　カラスウリの赤い実が　野山をかざるまでつづくのである

なずな

春浅い利根川の土手で　風に吹かれて震えるように咲いている
なずなの花をみつけた。高さ十センチほどの可愛らしいなずな
であった。米粒ほどの実は三味線の撥（ばち）の形をしていた。

子供の頃　なずなの花が咲く頃になると　三味線を持って瞽女（ごぜ）
が訪れた。二人づれであった。一本の杖を端と端を持ってやっ
てきた。軒下に立って　盲目の姉は三味線を弾き　妹が唄った。
姉さん被りをした後ろ姿を　不思議な思いで見送った。

陽が傾いて風が強くなった。瞽女の弾く　物悲しい三味線の音が引きちぎられるように震えるなずなから聞こえてきた。

荷物疎開

空襲がはげしくなったので
荷物だけでも疎開したいの
お願い　おじさんとりにきて

追い込まれたような
おソデさんの手紙だった

おソデさんは
幼児ふたりと浅草に住んでいた
両親はなくわたしの家を本家と頼る
出征兵士の妻だった

父ちゃんは一日がかり
自転車でリヤカーをひいて
おソデさんの家までとりに行った

それから三日後の夜
——こんやも東京が燃えている
南の空がまっ赤だよ

母ちゃんが表で叫んだ
わたしは大いそぎ家の外へ走り出た

まっ暗な森のむこうはるか遠くの空が
夕日が沈んだあとのように
茜いろに染まっていた
ときどきまっ赤な尾をひいて
黒い点が落ちていく

埼玉県のわたしの家から
行ったこともない東京が
燃えているのが見えた

――おソデさんは無事だろうか

母ちゃんがぽつんと言った

それからは恐ろしい噂ばかり
東京は焼け野原だ
死体がごろごろころがっている　と

戦争が終ってわたしの家の二階には
引き取り手のない荷物が残った

白菜（ハクサイ）とおじいさん

田舎から貰ってきた白菜を新聞紙に包んでベランダの隅に並べ
ながら　ふとこの作業を教えてくれた人を思い出していた。

三十年ほど前　農閑期になると家でとれた野菜をバイクに積ん
で売りにくるおじいさんがいた。体格のよいお相撲さんのよう
な人だった。いつも縁側に腰かけて煙草をすいながら話しこん
でいった。結婚をして九州へ行ったきり一度も帰らないという
娘さんのことを話すときは　遠くを見るような目をして淋しそ

うだった。そのおじいさんが冬も終わりに近いある日　上葉をきれいにむいた白菜を数個もってきてくれた。新聞紙をださせると一個ずつていねいに包んで濡れ縁の下の土の上に並べて「こうしておけば春先まで食べられるから」と言った。

その日は　コタツに入って私の作ったラーメンを　まだ小さかった二人の子供と食べて　夕方まで遊んでいった。そのあとのことは記憶にないので　あの時が最後だったのだろう。

おじいさんは娘さんと会うことができただろうか。

テルちゃんのお母さん

――お母さん
同級生の和さんよ
ほら
よく遊びにきたでしょ

テルちゃんの言葉に
おばさんは
にこにこしながら首をかしげる

「よくきたね」って
えびす様みたいにほほえむ

覚えているのは
むすめのテルちゃんだけ
みんな忘れてしまったのだという

引きあげ者住宅の二階で
ギョウザを焼いてくれた
ブラウスのボタンをつけてくれた
髪を三つ編みにしてくれた
…………

わたしのことを忘れてしまった
おばさんが
昔と同じに
にこにこしている

墓参り

おためしか　先祖さまの……

家を出ようと思ったら
どしゃぶりの雨
妹から電話
――どうする？
――やめるわけないでしょう
お墓まいりに

いざ行こう

お墓についたら　雨がやんでいた

楽しそうな声がする
かあちゃん　とうちゃん　おばあちゃん
兄(あん)ちゃんたち
去年なくなった義姉(ねえ)さんの声も

――おめえら　よくきたない

孤独

高い梢に孤独は住んでいる

青い空に
一本一本つき出た枝に
心を押し潰すような音律がある

心の満たされないとき
ふと見上げる梢に

誰も知らないわたしだけの孤独がある
孤独は静かな音楽を奏でる

小さかった頃のわたしがそうだったように
いまも
遠いものを見ようとする
遠い雲をほしいと思う

あとがき

利根川のほとり埼玉県加須市に生まれ、結婚を機に栗橋町に住み五十年がすぎました。加須市にいた頃は利根川へ行くにはちょっと距離があり、小学校の遠足の思い出や、中学校の卒業式のあと自転車で行って別れを惜しんだことが忘れられません。栗橋に住んでからは利根川はぐっと近くなり、毎日でも行ける距離になりました。河ぞいの四季折々の風景に馴染んできました。

季節ごとの河のほとりの風景を眺めていると遠い昔がしのばれ、なつかしい人達の顔や想い出が浮かび上がってくるのを覚えます。

前詩集『おばあちゃんの手紙』（銀の鈴社）を出版してから月日を経

ました。それ以降の詩稿をまとめて四季の森社より第二詩集を刊行することにしました。

幼い日の友達や戦争前後のこと、身近な人達との別れなどを折々思い浮かべています。遠い日の思い出をいまを生きる子どもたちにも伝えたく思っています。

長い間にわたって詩作を共にした詩誌「みみずく」「虹」の同人をはじめ、多くの詩友との出会いに感謝しています。詩集を刊行するにあたっていろいろお世話いただいた菊永謙さん、四季の森社の皆さんにお礼を申し上げます。

最後になりましたが、お忙しいなか絵を描いて下さいました画家の高田三郎さんに心よりお礼申し上げます。

二〇一五年　十二月　　新井　和

著者　新井　和（あらい　かず）
埼玉県加須市に生まれる。著書に、詩集『おばあちゃんの手紙』（一九九三年　教育出版センター／銀の鈴社）、合同詩集に『しあわせってなんだろな』（共著　けやき書房）がある。
日本児童文学者協会会員
詩誌「みみずく」「虹」同人

絵　高田　三郎（たかだ　さぶろう）
一九四一年、北海道美唄市に生まれる。神奈川大学卒業。地方公務員を経てフリーとなる。
挿絵の仕事に『故郷』（偕成社）、『妹』（金の星社）、『銀のうさぎ』（新日本出版社）、ほか多数。現在、北海道に戻り、挿絵や絵本の仕事のほかに北海道の自然、風景を描きつづけている。

詩集　木苺探しに
2015年12月25日　第一版第一刷発行
著　者　新井　和
絵　高田　三郎
発行者　入江真理子
発行所　四季の森社
〒195-0073　東京都町田市薬師台2-21-5
電話　042-810-3868　FAX 042-810-3868
E-mail: sikinomorisya@gmail.com
印刷所　シナノ書籍印刷株式会社

　ISBN978-4-905036-11-1 C0092